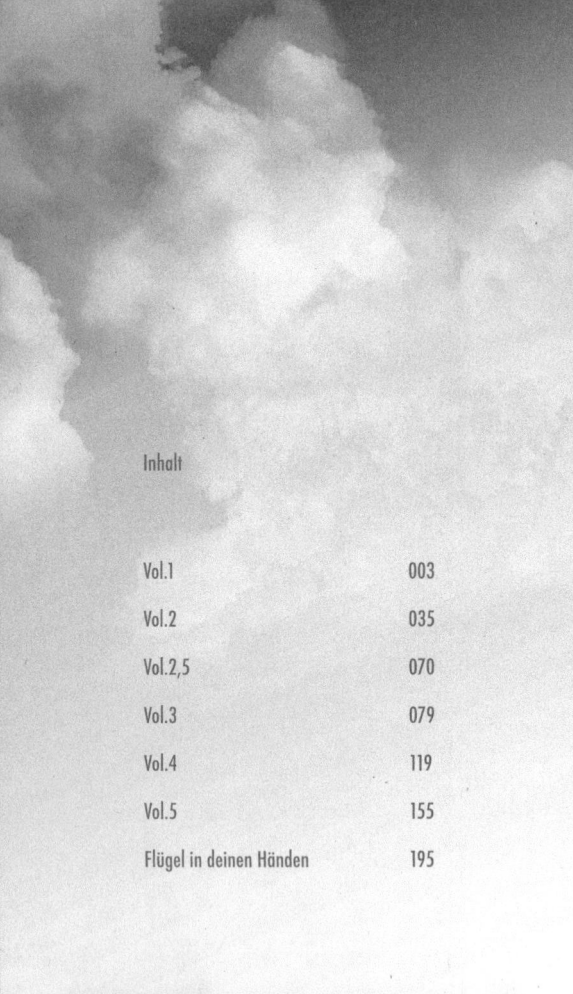

Inhalt

SATOMI! DANKE, DASS DU IHN AUFGE- HOBEN HAST!

HIER!

DAS KLINGT ABER SCHON ZIEMLICH NACH EINEM TRAUM...

 IST DAS EIN VOGEL... ROBOTER, MORINO?

KLICK

JA...

... NATÜRLICH WIRD ES SCHWIERIG, ABER...

GENAU! ER IST NOCH EIN PROTOTYP, ABER...

... ICH MÖCHTE DIE MENSCHEN AUF DER BASIS DIESES MODELLS IRGEND- WANN IN DIE LAGE VERSETZEN, AUS EIGENER KRAFT ZU FLIEGEN.

Wenn du deine Hand ausstreckst

NONONO YAMADA

vol.1

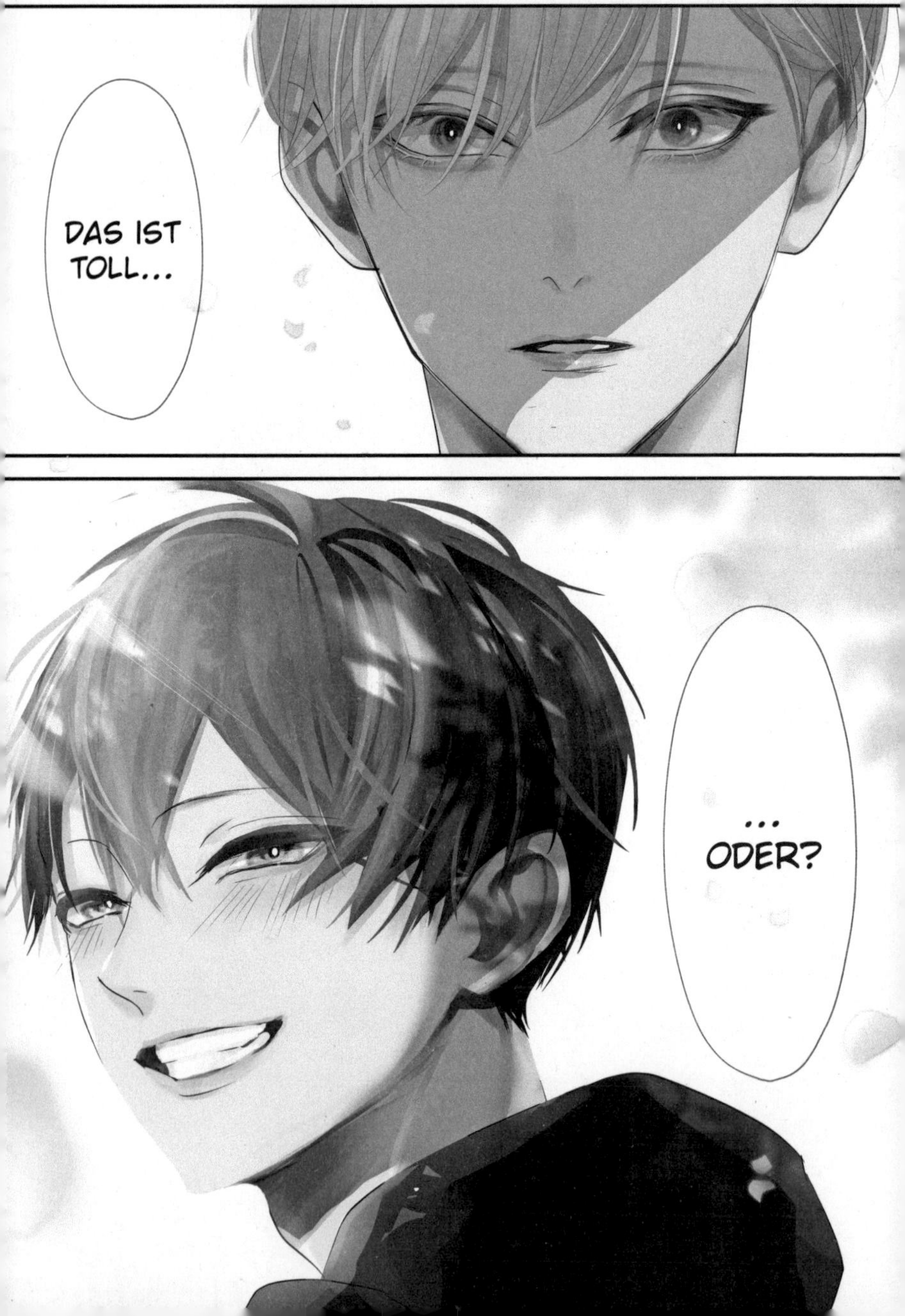
DAS IST TOLL...
... ODER?

ICH DANKE IHNEN.

GUT, DAMIT IST DIE VORFÜHRUNG FÜR HEUTE BEENDET.

ES TUT MIR LEID...

E...

... DANN SCHREIBST DU MIR EINE ZUSAMMEN-FASSUNG DER AUFSÄTZE ÜBER TECHNOLOGIE DER LETZTEN 30 JAHRE.

BIS NÄCHSTE WOCHE...

TRÄUME WERDEN REALITÄT
CHRONIK DER ERFINDUNGEN

ICH KAM ZU DEM SCHLUSS »DANN MUSS ICH EBEN ETWAS BAUEN!« UND ENT-SCHIED MICH, IN DIE FOR-SCHUNG UND ENTWICKLUNG ZU GEHEN.

ALS ICH MIT FÜNF JAHREN ERFUHR, DASS ICH AUCH ALS ERWACHSENER NIEMALS EIN VOGEL WERDEN KÖNNTE, BLIEB ICH DREI TAGE LANG IM BETT.

AUF DER ABGELEGE-NEN INSEL IN DER PROVINZ, WO ICH AUF-GEWACHSEN BIN, HABE ICH IMMER DIE VÖGEL BEOBACHTET.

ER WURDE SCHON FÜR DIE AKADEMIE EMPFOHLEN!

ALS STUDENT IM DRITTEN JAHR! DA IST ER BESTIMMT DER ERSTE!

... SATOMIS FORSCHUNG GEHÖRT?

ABER HIER, HABT IHR VON...

WAS? HAHA, WARUM HAT DER TYP EINEN VOGELROBOTER PRÄSENTIERT, STATT DIE AUFGABE ZU LÖSEN? HAHA!

MENSCHEN KÖNNEN NUN MAL NICHT FLIEGEN! HAHA!

TUSCHEL

IM DRITTEN JAHR AN DER UNI-VERSITÄT WURDE ICH ENDLICH IN DAS FOR-SCHUNGS-LABOR AUFGENOM-MEN UND GING VOLL MOTIVIERT ZUR ERSTEN PRÄSEN-TATION, DOCH...

ZUFÄLLIG WOHNT ER IN DEM APPARTEMENTHAUS NEBEN MEINEM.

CHIHIRO SATOMI...

ER WURDE IN DIESEM FRÜHLING IN UNSEREM SEMINAR AUFGENOMMEN...

... UND HAT SICH AUFGRUND SEINES LIEBENSWÜRDIGEN AUFTRETENS, SEINES GUTEN AUSSEHENS...

WINK

BLUSH

ZACK

... UND SEINER KOMMUNIKATIVEN FÄHIGKEITEN IM HANDUMDREHEN EINGELEBT.

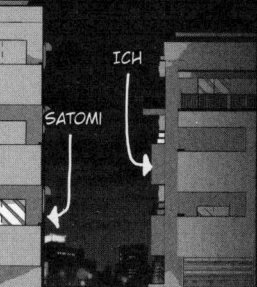

ICH

SATOMI

SHIT!

ARCHIV

UND ICH HAB SO HOCH-TRABEND ÜBER FORSCHUNG GEREDET...

●●●○ SoftPunk 4G

♡ Miki Himeno

Wie sieht's aus 👀 mit Satomi-kun...?

AH!

MIKI-CHAN!

ABER DAVON ABGESE-HEN HABEN UNSERE VORGÄNGER EINE MENGE SEHR INTE-RESSANTER AUFSÄTZE GESCHRIE-BEN...

BBH

BBH

ICH WILL PIKO (DEN VOGEL-ROBOTER) WEITER VERBES-SERN UND AUCH AN AKADEMIE-KONFE-RENZEN TEILNEH-MEN!

ICH ARBEITE SEIT DREI TAGEN UNUNTERBRO-CHEN AN DIESER ZUSAMMENFAS-SUNG UND HAB ERST 20%...

ER BEHAUPTET ZWAR, ER SEI SINGLE, ABER ER LEHNT ALLE AN-NÄHERUNGEN AB! DESHALB HÄTTE ICH GERN, DASS DU MAL ÜBER-PRÜFST, OB ER WIRKLICH KEINE FREUNDIN HAT...

MIST, HATTE ICH VÖLLIG VERGES-SEN.

DU WOHNST DOCH GEGEN-ÜBER VON CHIKARA-KUN, ODER?

KLIMPER

KLIMPER

※ NIEMAND KANN SICH IHR WIDERSETZEN

MIKI HIMENO (3. STUDIENJAHR)
SPITZNAME: LABOR-MADONNA

WAS? NEIN, SCHON GUT!

DAS IST SCHLIESSLICH MEIN JOB...

ÄCHZ

MORINO!

ICH HAB GERADE NICHTS ZU TUN UND DACHTE, ICH HELFE DIR BEI DER ZUSAMMENSTELLUNG.

SO SPÄT UND DU SITZT IMMER NOCH HIER, RESPEKT!

SA-SATOMI...

WAS GIBT'S DENN?

WENN WIR DIE ZUSAMMENFASSUNG ZU ZWEIT MACHEN, SIND WIR IN DER HÄLFTE DER ZEIT DURCH!

ABER DU MÖCHTEST DOCH GERNE AN DEINEM VOGELROBOTER FORSCHEN, ODER?

NICHT WAHR?

O-OKAY, WÜRDEST DU VIELLEICHT DIE JAHRE 2000-2010 ÜBERNEHMEN...?

KLAR!

„FORSCHEN"...

WAH!

HAAAH

WIR SOLLTEN ERST MAL EINEN ZEITPLAN ER-STELLEN...

RASCHEL

JA, AUF DIESE WEISE SCHAFFEN WIR ES ZU ZWEIT BIS ZUR ABGA-BEFRIST.

WOW!

...
...
...

IN DIESEM MOMENT ...

JA, ICH AUCH!

MERCI!

ICH MUSS HEUTE NICHT JOBBEN, ALSO WERDE ICH ZU HAUSE DIE UNTERLAGEN ZUSAMMEN-STELLEN.

ALSO DANN...

DAS IST WOHL, WAS MAN UNTER EINEM ÜBER-FLIEGER VER-STEHT...

HUIIIII
UP

ꓳꓳ
ꓳ

... WAR ICH EINFACH GLÜCKLICH, DASS SATOMI MEINEN ROBOTER »FORSCHUNG« GENANNT HATTE...

OH!

ES TUT MIR LEID, SATOMI!! OBWOHL ICH JA IN DEINER SCHULD STEHE...

ABER ICH HAB ECHT ANGST VOR MIKI-CHAN! WENN ICH IHR DURCH EIN FOTO ZEIGE, DASS DU ALLEINE BIST, WIRD SIE DAS ÜBERZEUGEN...

NUR EINS...

ICH HÄTTE GERNE, DASS DU MAL ÜBERPRÜFST, OB ER WIRKLICH KEINE FREUNDIN HAT...

MAN KANN ERSTAUNLICH GUT HINEINSEHEN...

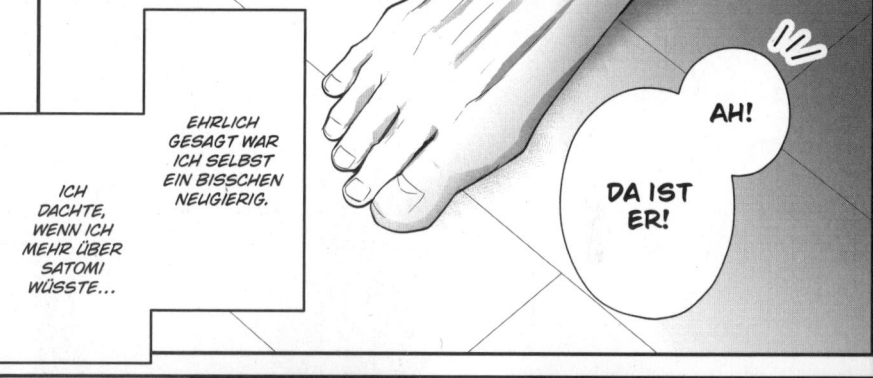

EHRLICH GESAGT WAR ICH SELBST EIN BISSCHEN NEUGIERIG.

ICH DACHTE, WENN ICH MEHR ÜBER SATOMI WÜSSTE...

AH!

DA IST ER!

... KÖNNTE MIR DAS HELFEN, SELBST EIN BISSCHEN BESSER ZU WERDEN.

OKAY, WEM WILL ICH HIER WAS VORMACHEN?

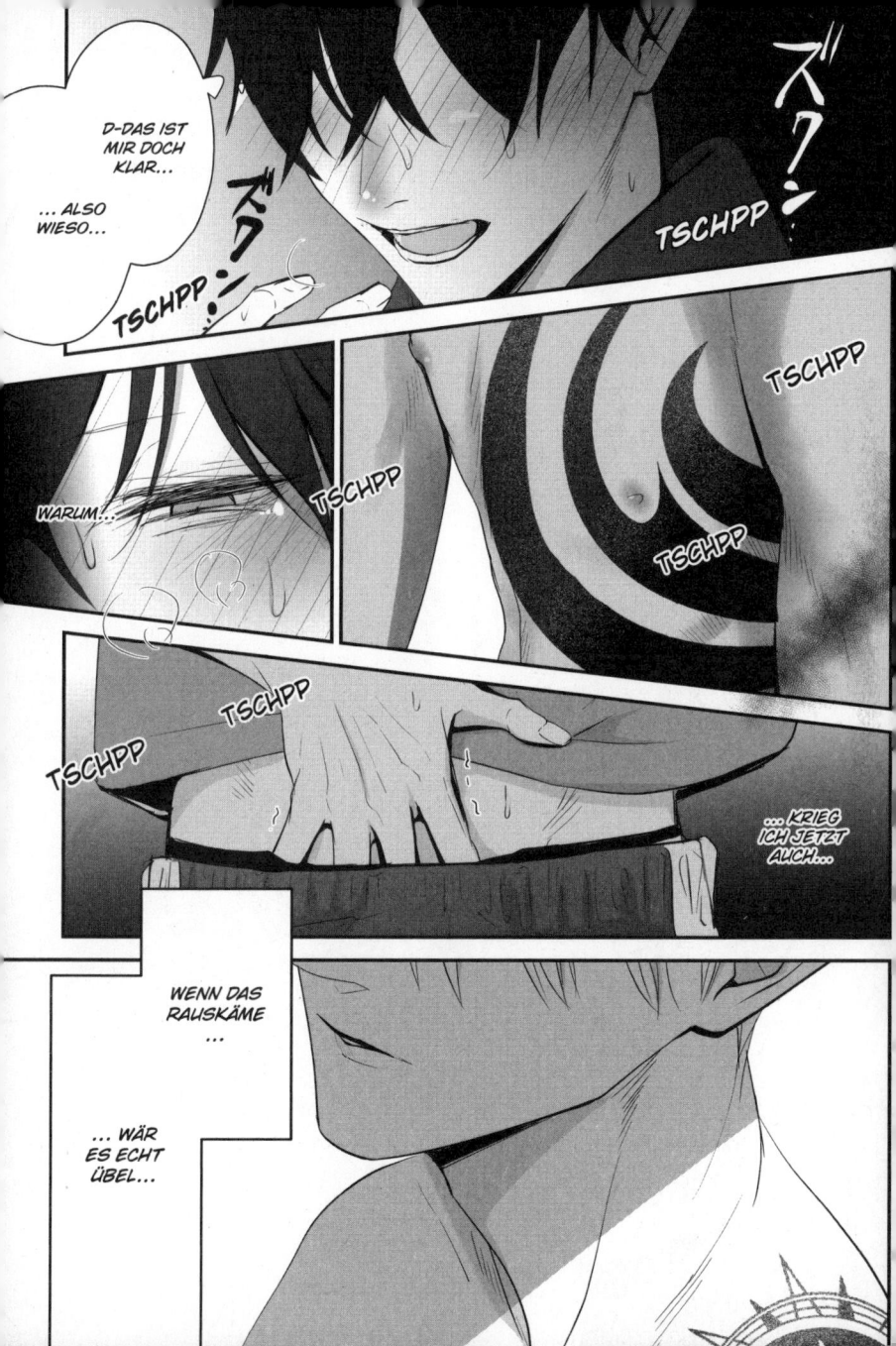

K\"
WUMM

HH
HH
HH

Aｯ
!
…

DODOMM
DODOMM
K\"
ド\"\"ッ

WAS?

HAT
ER
MICH
…

N-NEIN...

... ANGE-
SEH...

MORINO
...

ER
HAT
NICHTS
...

NEIN,
ER HAT
NICHTS
MITBE-
KOMMEN.

I-ICH HAB
DAS LICHT
AUSGE-
MACHT...

... WAS HAT DENN DAS HIER ZU BEDEUTEN?

ER HAT ES MITBE- KOMMEN!!

ICH...!!

ES HAT MICH BESCHÄF- TIGT, DASS DU MICH GESTERN FOTO- GRAFIERT HAST...

SORRY. DU HAST ES AUF DEINEM TISCH LIEGENLASSEN, DESHALB MUSSTE ICH EINFACH...

AH, MEIN SMART- PHONE...

RAUSCH

NA JA, ICH BIN JETZT NICHT SAUER ODER SO...

... ICH WÜSSTE NUR GERNE, WARUM...

... ENT- SCHULDIGE BITTE...

T...

TUT MIR LEID ...

... ABER ICH WAR ES, DER NICHT WEGGUCKEN KONNTE...

DER GRUND WAR MIKI-CHAN...

ÄH... M...

JA.

W-WARUM...?

... EINS STEHT FEST...

I-ICH KANN ES NICHT GUT ERKLÄREN, ABER...

DEIN TATTOO SIEHT ECHT TOLL AUS...

AHA?

TOTAL SCHÖN...

HH

MORINO ...

HH

... DU HAST EINEN STÄNDER.

HÄ?

WAS? DAS IST...

D-DAS IST DOCH SELTSAM!

W-WIESO FASST DU IHN...

ZAPPEL

GNH

AH!

... ÜBER-HAUPT NICHT SELTSAM!

ZUCK

LASS RUHIG LOS, MORINO...

S...
SATOMI IST GANZ ANDERS ALS SONST...

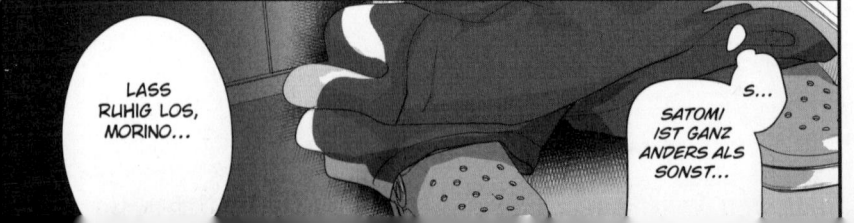

ICH KANN NICHT ...

SATOMIS STIMME DRINGT TIEF IN MEINEN KOPF EIN...

WARUM MACHE ICH ALLES, WAS ER SAGT ...?

BADUM

W...

BADUM

ZUCK

SSST

FH ....

AHAHA! ♡

UND DAS T-SHIRT AUCH.

JA, DER LABORKITTEL STÖRT.

HALT IHN BESSER ETWAS ZUR SEITE.

DU MACHST MICH FERTIG.

DU BIST UNHEIM-LICH...

JA, GENAU, NIMM ES ZWISCHEN DIE ZÄHNE.

WAS IST MIT MIR LOS...

PUHAH
AH … T-TUT MIR L…
ZITTER
W …
WAS SOLL ICH…
ICH BIN… … SO VERWIRRT …
ST
AH!
ZUCK
KEINE SORGE.
DU MUSST NICHT DENKEN.
HÖR EINFACH NUR AUF MEINE STIMME.
…!
NTSCH
AH …
NTSCH
UH!
JA, DAS FÜHLT SICH SCHÖN AN, ODER?
…!

FJUIIII

KNIPS

AH...

ER WAR
EIN BISSCHEN
WACKELIG AUF
DEN BEINEN,
ABER ER HAT
ES NACH HAUSE
GESCHAFFT.

DAS HAT
SEHR GUT
FUNKTIO-
NIERT...

HEHE...

KRANG

KRANG

KRANG

Wenn du deine Hand ausstreckst

NONONO YAMADA

vol.2

EHRLICH GESAGT BIN ICH NICHT MAL SICHER, OB ICH SCHON MAL VERLIEBT WAR.

GESAMTSCHÜLERZAHL 10. (DORF MIT EINEM BEVÖLKE-RUNGSANTEIL DER ÜBER 65 JÄHRIGEN VON ÜBER 50%.)

... BISHER HAT MIR NOCH NIE JEMAND SEINE GEFÜHLE GESTANDEN.

ICH GLAUBE, ES IST ZIEMLICH OFFEN-SICHT-LICH, ABER...

FANTASIER

FANTASIER

FANTASIER

FANTASIER

ABER...

I-ICH VER-STEH'S NICHT ...

BUBB

BUBB

WARUM ICH...?

SO EIN INTELLI-GENTER UND TOLLER TYP...

... MUSS ICH...

... SATOMI AUCH...

DAS ABC DER LIEBE

WAS WIR JETZT NICHT MEHR FRAGEN KÖNNEN

DER LIEBE

100 THEORIEN ÜBER LIEBESBEZIEHUNGEN

愛し合う2人の愛の

... SATOMI HAT MICH GE-TROFFEN UND SICH IN MICH VERLIEBT, ALSO...

RATTANG

RATTONG

BIST DU IRGENDWIE ERSCHÖPFT, MORINO-SAN?

DZULIMM

ICH HAB DIE GANZE ZEIT GEGRÜBELT UND KEIN AUGE ZUGETAN...

ÄHM...

LA...

LASSEN SIE DAS BITTE...

UNGEFÄHR VOR EINEM MONAT WURDE SIE VON EINEM GRABSCHER BELÄSTIGT...

S-SEH ICH SO AUS?

DEINE HAARE SIND NOCH ZERZAUSTER ALS SONST.

... ICH KAM IHR ZUFÄLLIG ZU HILFE...

BÖRPS

WIRKLICH, LASSEN SIE DAS BITTE...

DAS IST NOZOMI IZU-CHAN.

MUSS SICH VOR ANGST FAST ÜBERGEBEN

ICH FREUE MI...

WAS?! EHRLICH?

?UHUMM!

ICH HABE NEULICH KEKSE GEBACKEN, UM MICH BEI DIR ZU BEDANKEN...

APROPOS, MAGST DU EIGENTLICH SÜSSES?

... UND SEITDEM UNTERHALTEN WIR UNS HIN UND WIEDER.

DOO

WOBEI...

ER HAT MICH HIERHIN MITGE-NOMMEN, WEIL ICH NEULICH SO DEPRIMIERT GEWIRKT HABE.

NEIN, DAS STIMMT NICHT.

CHIKARA!

WAS HÄLTST DU DAVON, PIKOS ANTRIEBS-KRAFT AUF ZWEI STELLEN ZU VERTEILEN?

WAS?

DEINE SENSOREN AN DEN FLÜGELN ...?

...

SEIT ICH DEINE FORSCHUNGSPRÄSENTATION VON PIKO GESEHEN HABE, DENKE ICH DARÜBER NACH...

DER SCHWERPUNKT IST JA TATSÄCHLICH BEI VÖGELN UND MENSCHEN VOLLKOMMEN UNTERSCHIEDLICH, DARUM ...

... KÖNNTE ES REALISTISCHER SEIN, WENN DU AN DEN FLÜGELN MEINE SENSOREN ANBRINGST UND SIE ALS STEUER BENUTZT.

BAM

BABABÁM

VERSTEHE!!

DU HAST IHN MIR GEZEIGT, ALS ICH GERADE ERST BEI EUCH IM SEMINAR ANGEFANGEN HATTE, WEISST DU NOCH?

SEITDEM HABE ICH...

GENAU, GENAU!

^_^

WAHNSINN!! DU HAST DIR GEDANKEN ÜBER PIKO GEMACHT!!

WENN ICH DEINE SENSOREN AN DREI STELLEN ANBRINGE, KANN ICH DADURCH DIE RICHTUNG ERKENNEN!!

UND WENN ICH DIE ANTRIEBSKRAFT AUF DIE BEINE VERLAGERE, STABILISIERE ICH DEN SCHWERPUNKT...!!

? ACH SO...

ER FORSCHT ÜBER EIN THEMA, DAS IHM NICHT AM HERZEN LIEGT...?!

WAS ICH MAG...? HAB ICH NOCH NIE SO DRÜBER NACHGEDACHT...

WAS? WAS IST MIT MEDIZIN?

DEIN FORSCHUNGSTHEMA...

OH, ABER ICH MAG ES...

DAS HAB ICH GEWÄHLT, WEIL ES SICHER IST UND BEDARF BESTEHT.

... MIT DIR ZU REDEN, SO WIE JETZT.

I-ICH AUCH...

NA...

...NU?

„ER IST WIE IMMER...?"

„ICH MAG DICH, CHIKARA."

VIELLEICHT VERSTEHE ICH DIESES „MÖGEN" JA FALSCH...?

* REISBOWLS ** BOWLS

VIELEN DANK!

DAS WÜRDE AUCH SATOMIS BISHERIGES VERHALTEN ERKLÄREN.

„MÖGEN IM FREUND-SCHAFT-LICHEN SINN"

QUATSCH!

WAR LECKER!

IN DIESER GEGEND GIBT ES LEIDER NICHT VIELE RESTAU-RANTS...

ENTSCHUL-DIGE, DASS ES SO EIN EINFACHES ABENDESSEN GEWORDEN IST.

UND TROTZ-DEM... WAS IST DAS...?

WEISST DU WAS, DEMNÄCHST ...

DARÜBER FREUE ICH MICH TOTAL.

... UND DASS ER MIR SOGAR MIT PIKO HELFEN WILL.

TROTZDEM BLEIBT DIE TATSACHE BESTEHEN, DASS ER GESAGT HAT, ER MAG MICH...

EH? BIN ICH ENT-TÄUSCHT ...?

CHIKARA...

... LADE ICH DICH NOCH MAL RICHTIG EIN, JA?

SATOMI ...

OKAY, DANN...

... FINDEST DU NICHT, DASS ES IN DIESER HALTUNG ETWAS SCHWIERIG IST ZU REDEN ...?

ÜBER DAS SEMINAR IM NÄCHSTEN SEMESTER...

EH?

AH!

ICH DACHTE EIGENTLICH SCHON, DASS ICH ES WEISS, ABER...

... UND WEISST TROTZDEM NICHT, WAS PASSIERT, WENN DU MICH IN DEINE WOHNUNG EINLÄDST?

ACH KOMM, CHIKARA! DU LIEST EXTRA SOLCHE BÜCHER...

DAS ABC DER LIEBE

WIE DU LIEBEN

WO WIR JETZT NICHT MEHR FRAGEN KÖNNEN

ICH WÜRDE MICH FREUEN, WENN DU DAS SO VERSTEHST, WIE ICH ES MEINE.

BADUM

O... OKAY ...

H-HAB ICH...

BADUM

... UND ICH WOLLTE DICH ERST RICHTIG KENNENLERNEN, BEVOR ICH DIR ANTWORTE...

E-ES TUT MIR LEID, SATOMI. ICH HABE NICHT VIEL ERFAHRUNG MIT BEZIEHUNGEN ...

BADUM

... GERADE ...

BADUM

ES MACHT MIR SPASS, MIT DIR ZU REDEN, DESHALB REDE ICH DIE GANZE ZEIT...

... ABER HEUTE WÄHREND UNSERES ZUSAMMEN-SEINS...

JA...

... HABE ICH GEDACHT, DASS ICH MEHR ÜBER DICH ER-FAHREN UND... ZEIT MIT DIR VERBRINGEN MÖCHTE.

JA.

CHIKARA...

GNH

AH!

MH

ZUCK

ZUCK

MH

MH

NH!

... LERN MICH JETZT KENNEN!

DANN...

BLUSH

ZACK

? ES WIRD WEHTUN, WENN DU IHN SO LÄSST...

AH!

ZUCK

SA-SATOMI, NICHT...

ZAPPEL

SLIP

FH...

ÄH...?

SPRITZ

...SONST...

ENT-SCHUL-DIGE...

EIN TASCHENTUCH!

...!!

SCHRECK

SA-SATOMI...

WISCH

...

DRIP

ICH BIN AUCH...

DER KUSS WAR SCHÖN, NICHT WAHR?

AH...

KNACK

AH...

SA...

SATOMI?!
EEEH?!
ICH...

?

AH,
DEIN
SHIRT
!!

TUT
MIR LEID,
DASS WAS
DRAUFGE-
KOMMEN
IST!

DU HAST
NUR FÜNF
MINUTEN
GESCHLA-
FEN.

UND
MEIN
SHIRT
KANN ICH
WASCHEN.

?

GLOTZ

AUFGE-
WACHT?

?!

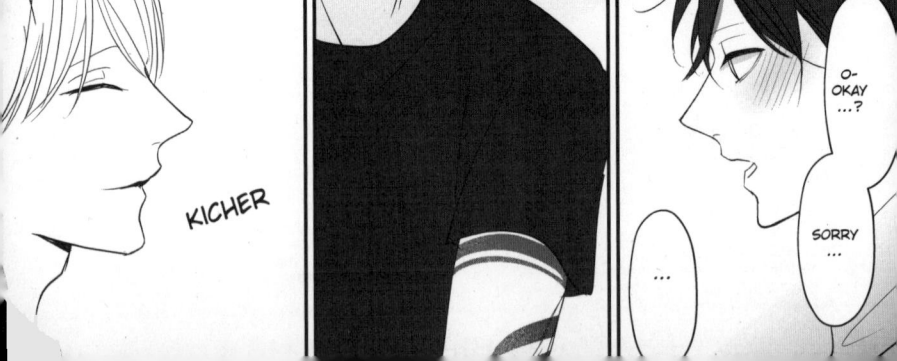

KICHER

O-
OKAY
...?

...

SORRY
...

DARUM FRAGE ICH DICH NICHT DANACH.

ICH MÖCHTE, DASS DU ES MIR SAGST, WENN DU ES SAGEN WILLST.

PRFF...

DU REAGIERST WIRKLICH IMMER UNERWARTET!

AUCH NEULICH, ALS DU MEINTEST, ES SEI TOTAL SCHÖN.

F-FINDEST DU?

HAHA

?!

DABEI HAT MEIN TATTOO ÜBERHAUPT KEINE BE-DEUTUNG.

... ICH WEISS NICHT, ES KOMMT MIR SO VOR, ALS HÄTTE ER SICH NOCH WEITER VON MIR ENT-FERNT...

EIGENTLICH SOLLTE ICH IHN EIN BISS-CHEN BESSER KENNENGE-LERNT HABEN, ABER...

IN SEINEN AUGEN SPIE-GELT SICH TATSÄCHLICH GAR NICHTS. SIE SIND WIE GLASPERLEN ...

ICH HÄTTE NIE GEDACHT, DASS ICH SO SCHNELL EINEN NEUEN KONSTRUKTIONSPLAN FÜR DIE FLÜGEL HINBEKOMMEN WÜRDE...

I...

ICH BIN FERTIG!

鬼林研究室

SHAAAA

SMIII

ES LIEGT DARAN, DASS DEINE GRUNDLAGENFORSCHUNG SO GUT WAR.

DIE UNTERLAGEN WAREN AUCH VOLLSTÄNDIG...

DAS IST DER HAMMER... DANKE, SATOMI...

HEHE, MEINST DU?

ACH WAS...

ICH NEHM DIE STÜHLE...

HMM...

HÄ? UND DU?

DU KANNST AUF DEM SOFA SCHLAFEN.

OKAY, LASS UNS KURZ SCHLAFEN, BIS DIE ERSTE BAHN GEHT.

PATT
PATT
PATT
PA...
...
WAH!
T-TUT MIR LEID, SATOMI!!! ICH HAB AUS GE-WOHN-HEIT...
ICH LEG MICH DOCH LIEBER AUF DIE STÜHLE ...!!
NEIN...
GNH
MACH WEITER.
!

BADUM

ICH HÖRE SEINEN HERZSCHLAG.

BADUM

GNH

BADUM

RUBS

AH...

IN MEINER ...

... KINDHEIT AUF DER INSEL...

... UND PLÖTZLICH WAR SCHON DER NÄCHSTE MORGEN DA...

ES WAR SO WARM ...

PATT

PATT

... WENN ICH BEI EINEM STURM WIE HEUTE VOR ANGST NICHT SCHLAFEN KONNTE...

... HAT MEINE OMA MIR IMMER SO DEN RÜCKEN GESTREICHELT...

... UND WEIT?

... UNHEIMLICH KLAR IST, BLENDEND HELL...

WEISST DU, DASS DER HIMMEL NACH EINEM STURM ...

ICH HAB MICH AN DEN HIMMEL ÜBER TOKYO GEWÖHNT, ABER...

...WENN ICH IRGEND- WANN...

...MIT DIR DURCH...

...DEN HIMMEL ÜBER DER INSEL...

...FLIE- GEN KÖNN- TE...

ZZZ

ZZZ

ZZZ

SCHRECK

AH...

GÄÄÄHN

MORGEN
...

MORGEN
...!

WAS
...

ICH
...

MH...

WÄLZ

TAPP

SCHAU
MAL!
DER
REGEN
HAT AUF-
GEHÖRT
...

... UND
DER HIMMEL
IST WIEDER
BLAU!

ACH SO, JA
...

ER HÖRT JA IRGEND- WANN AUF...

!!

?

HAST DU DAS VER- GESSEN?

DAS WETTER HEUTE...

DER REGEN
...

JA...

ICH HAB DAS GEFÜHL
...

ÜBRIGENS, KONNTEST DU DENN DANACH NOCH EIN BISSCHEN SCHLAFEN?

... ICH KONNTE ZUM ERSTEN MAL RICHTIG SCHLAFEN.

WAS?

MORINO-KUN, WILLST DU...

... DICH MAL DER AKADEMIE VORSTELLEN?

... IST DAS EINE RARE GELEGEN-HEIT, DIE EIGENE FORSCHUNG VOR ECHTEN KORYPHÄEN ZU PRÄSENTIEREN.

FÜR STUDENTEN, DIE IN DIE FOR-SCHUNG GEHEN MÖCHTEN...

DIE AKADEMIE.

Wenn
du deine
Hand
ausstreckst

NONONO YAMADA

vol.3

DIE ZUHÖRER ...

DARAN HAB ICH NOCH NIE GEDACHT.

VER-STEHE...

... IST DAS ZU WEIT WEG VON DER REALITÄT, UND DU VER-LIERST DEINE ZUHÖRER.

ABER WENN DU AM ANFANG DAVON SPRICHST, DASS MENSCHEN WIE VÖGEL FLIEGEN KÖNNEN ...

VIELLEICHT SPRECHE ICH NOCH EINMAL MIT DEM PRO-FESSOR...!!

ICH MÖCHTE IHM AUCH VON DEM AUFSATZ ERZÄHLEN, DEN WIR ZUSAMMEN GESCHRIEBEN HABEN.

ER HAT MITTLERWEILE GARANTIERT DEINEN VERBES-SERUNGSPLAN VON NEULICH GELESEN UND WIRD VON SICH AUS AUF DICH ZU-KOMMEN, WEIL ER EIN SCHLECHTES GEWISSEN HAT.

AH, KEINE SORGE!

WENN DU ES ALS ETWAS DAR-STELLST, DAS FÜR DIE MEISTEN LEUTE NOCH REALISTISCH UND VORSTELLBAR ERSCHEINT, KANNST DU DEINE ZUHÖRER DAMIT LEICHTER ERREICHEN.

ZUM BEISPIEL KÖNNTEST DU ES ALS »FORSCHUNG ZUR MINIMIERUNG VON FLUGAPPARATEN« BE-ZEICHNEN ODER SO...

... SONDERN DEINE FOR-SCHUNGEN ZWEI MAL HINTEREIN-ANDER AUFGRUND SEINES ERSTEN EINDRUCKS HAT DURCHFALLEN LASSEN.

WEIL ER DIE DETAILS NICHT ANSTÄNDIG ÜBERPRÜFT ...

SCHLECH-TES GE-WISSEN?

?

GEWIS-SENSBISSE MOTIVIEREN MENSCHEN ZUM HANDELN.

DANACH IST DER PROFESSOR TATSÄCHLICH ZU MIR GEKOMMEN...

MORINO-KUN, WILLST DU...

KLACK

... SO EINEN DURCHBLICK HAT, OBWOHL ER IM SELBEN ALTER IST WIE ICH...?

WIE KOMMT ES, DASS ER...

SATOMI IST WIRKLICH UNGLAUBLICH...

ALLES
KLAR...

HÄ? IST ER
AUCH ÜBER
NACHT GE-
BLIEBEN...?

MAN ARBEI-
TET BIS ZUM
UMFALLEN... UND
IN DEM KURZEN
MOMENT DER
ENTSPANNUNG,
WENN MAN DIE
HAND NACH DEM
ENERGYDRINK
AUSSTRECKT,
SACKT MAN
WEG...!!

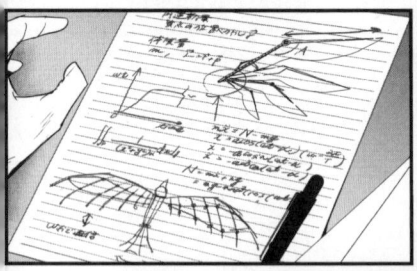

AH...

KOMMT IN DER TECHNISCHEN
FAKULTÄT DURCHAUS VOR

... UND ARBEITET GLEICHZEITIG NOCH AN DER KONSTRUKTION DER SENSOREN FÜR PIKO, DIE ICH FÜR MEINE VORFÜHRUNG BRAUCHE ...

... SATOMI MUSS SEINE EIGENE PRÄSENTATION BEI DER AKADEMIE VORBEREITEN ...

ICH HAB JA SCHON ALLE HÄNDE VOLL ZU TUN, MEINEN EIGENEN KRAM AUF DIE REIHE ZU KRIEGEN, ABER...

... NATÜRLICH...

IRGENDWIE...

ZZZZ

ER INVESTIERT UM EIN VIELFACHES MEHR ARBEIT ALS ANDERE MENSCHEN.

ABER DAS STIMMT NICHT.

... HABE ICH GEDACHT, DASS SATOMI ALLES GANZ LEICHT VON DER HAND GEHT.

SSS

SLIP

MH...

DANKE, SATOMI.

WENN ER AUFWACHT, BEDANKE ICH MICH NOCH MAL BEI IHM...

...?

WARUM ...

AH...

WEIL ICH DIE SENSOREN ZUR TESTREIFE ENTWICKELT HABE?

CHI-KARA?

OH, TUT MIR LEID, JETZT BIST DU WACH GEWORDEN.

ICH KANN DICH IN UNGEFÄHR EINER STUNDE WECKEN, ALSO SCHLAF RUHIG.

KEIN PROBLEM, WIR KÖNNEN SIE JETZT GLEICH AUSPROBIEREN!

WAS? SENSOREN?

DARUM GEHT ES MIR NI...

LASS UNS EINEN TESTFLUG MACHEN!

JA...

ER FLIEGT...

OH NEIN...!

DA DRÜBEN IST...

ABER ER FLIEGT ZU WEIT...

DER RUMPF BEWEGT SICH IRGENDWIE KOMISCH...

HMM...

PLATSCH

HIER!

Pi-i-KO!

...HAHA!
ICH KANN NICHT
GLAUBEN, DASS WIR IN
DEN SPRING-
BRUNNEN
GEHÜPFT
SIND!

HA...

ABER...

WAS?
SA...

SATOMI?!

ギュ

GNH?

MIT EINEM LÄCHELN

BADUM

BADUM

AH...

... SIEHT ER VOLL-KOMMEN ANDERS AUS ALS SONST ...

D...

DEIN HEMD IST DURCH-SICHTIG ...

WAS?

BADUM

AAH... ICH...

BADUM

BADUM

WAS IST LOS?

... HAB ES ENDLICH VER-STANDEN.

BADUM

... DANKE.

AH...

ICH FREUE MICH SO.

DAS HAT GEREICHT.

BADUM

KANNST DU AUF-STEHEN?

JA...

... DANKE.

BADUM

BADUM

... MICH ÜBER-HAUPT WIRKLICH LIEBT, ABER...

ICH HABE IRGENDWIE DIE GANZE ZEIT DARÜBER NACH-GEGRÜBELT, OB SATOMI...

SATOMI, ICH...

... ES IST EGAL.

UWAH!

PRESS

?

?

BUBB

BUBB

WAS IST LOS?

SA...

SATOMI?!

DU BIST SELTSAM, CHIKARA...

HÄ?

DA IST
JEMAND
DRIN.

DUSCHRAUM
Shower room

BESETZT

WAS?
JEMAND,
DER NICHT
BEI UNS IM
KLUB IST?

UNGEWÖHN-
LICH...

カ
KLACK

チ
ャ

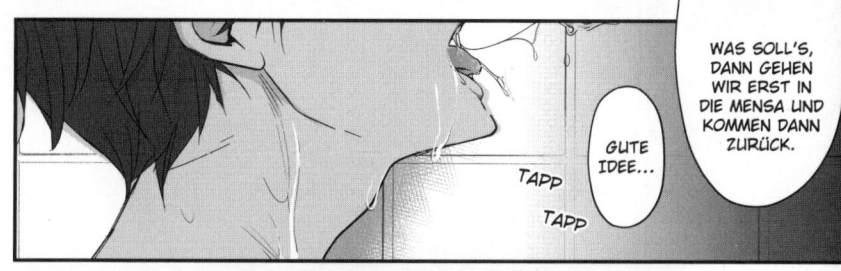

WAS SOLL'S, DANN GEHEN WIR ERST IN DIE MENSA UND KOMMEN DANN ZURÜCK.

GUTE IDEE...

TAPP

TAPP

CHIKARA...

AH...

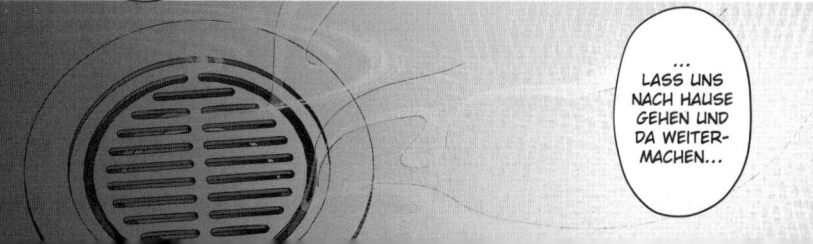

...
LASS UNS NACH HAUSE GEHEN UND DA WEITER-MACHEN...

ICH FÜHLE MICH, ALS HÄTTE ICH WAS TOTAL VERBOTENES GEMACHT...

MIR SCHWIRRT DER KOPF...

AH!

KLACK

OKAY?

ICH HAB MEINEN HAUS-SCHLÜSSEL IN DER KITTELTASCHE GELASSEN.

VER-DAMMT!

BADUM

BADUM

ICH SCHREIBE MEINEM VERMIETER ABER, DASS ER BITTE EINEN ZWEIT-SCHLÜS-SEL IN DEN BRIEFKAS-TEN LEGEN SOLL.

ER WOHNT NEBENAN...

OH, OKAY, DANN GEH DU SCHON MAL REIN...

ICH KAUF NOCH WAS ZU TRINKEN.

DU KANNST JA HEUTE BEI MIR ÜBER-NACHTEN.

MMMH

ZOOM

!

IST DOCH KEIN PROBLEM...

カチャ
KLACK

ICH BIN SO FR...

WAH!

SSST

ODER VIELMEHR ...

ER HAT NUR DAS ALLERNÖTIGSTE...

S-SO SCHLICHT...

BADUM BADUM

A-AN DEM TAG...

...HABE ICH SATOMI DURCH DIESES FENSTER...

...

ÄCHZ

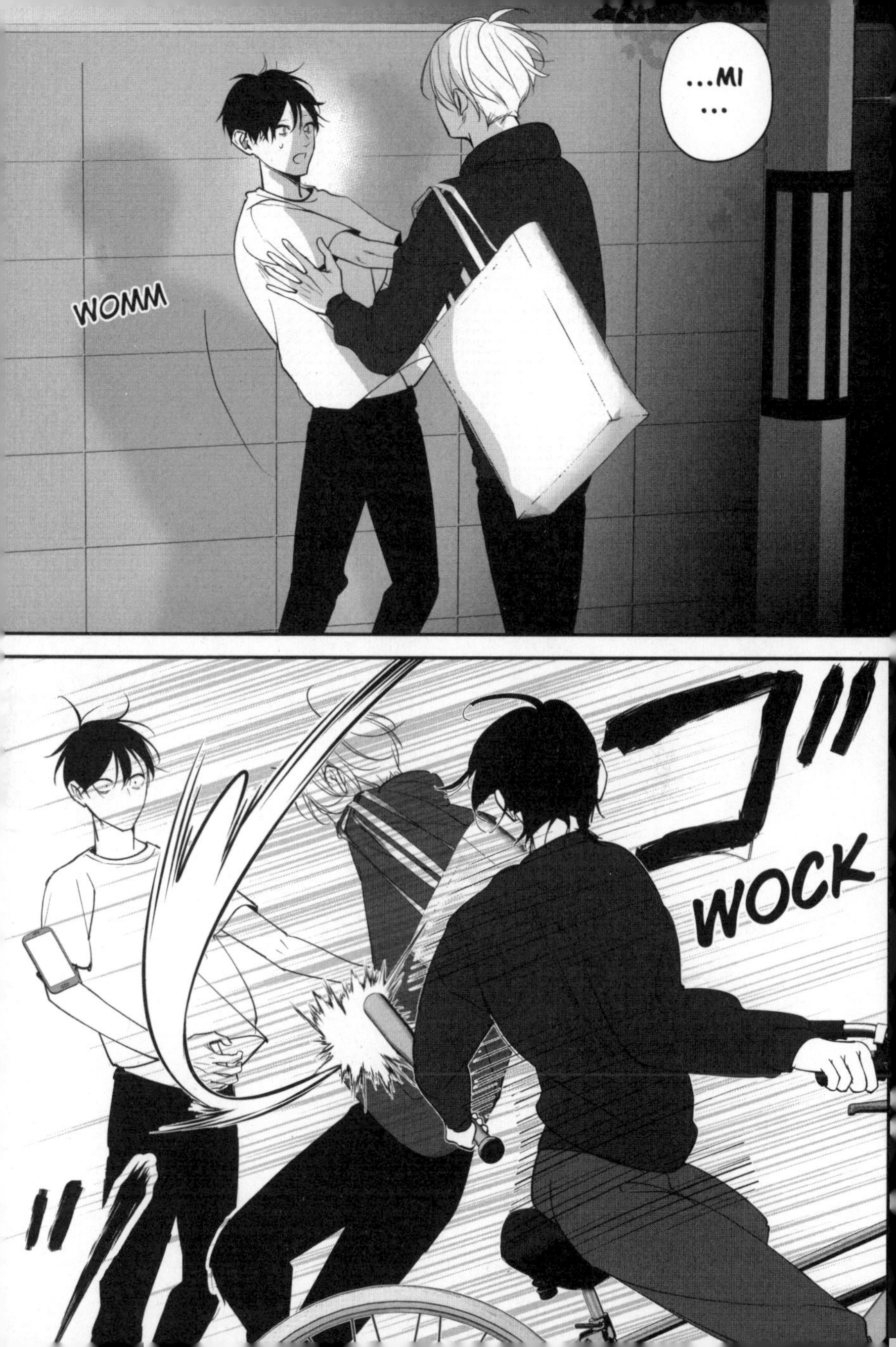
...MI
...
WOMM
WOCK

DAS IST DER KERL, DER NEULICH NOZOMI-CHAN ANGE-GRABSCHT HAT...

D...

CHI-KARA ...

ER HAT DIE TASCHE GETROF-FEN.

KEINE ANGST ...

KEI...

KEIN ...

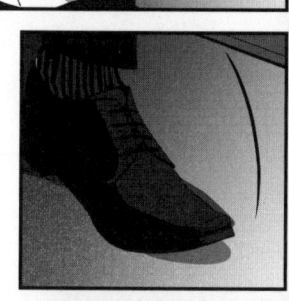

TAPP

TAPP

TAPP

OKAY ...!!

... RUF DIE POLIZEI!

SCHRECK

SCHEISSE ...

ES RE-AGIERT NICHT RICHTIG AUF DIE BERÜH-RUNG ...!!

... LÄ-
CHELST
DU...?

WOCK

TACK

WARUM
LÄUFT
ER NICHT
W...

HÄ?

SATO-
MI?

WAS
...

... MACHST
DU DA?!

Ill...

HÖR
AUF!

AH...
VER-
DAMMT!

HA...
... HAHA...
GE-SCHAFFT!!
DEN KLEINEN HAB ICH VERNICH ...
WOCK
... TET...
FLATSCH
HUST
HÄ?
GNH
HÄ?
WAS ...
WA-RUM ...
... BIST DU PLÖTZ-LICH...
WOCK
WOCK
AH!
GAH!
WOCK
TU ...
TUT MIR LEID!

Wenn du deine
Hand ausstreckst

NONONO YAMADA

vol.4

... UND DER MANN, DER NOZOMI-CHAN BELÄSTIGT HATTE, WURDE ABGEFÜHRT.

KURZ DANACH KAM DIE POLIZEI ...

TATÜÜÜ

TATÜÜ

TATAAA

TATÜÜ

TATAAA

POLIZEI

... DADURCH, DASS SATOMI BEWEISFOTOS GEMACHT HATTE UND...

... SELBST VON IHM VERLETZT WORDEN WAR...

DEN MANN DAFÜR ANZUKLAGEN, DASS ER MICH VERFOLGT HATTE, WÄRE ANSCHEINEND EIN SCHWIERIGES UNTERFANGEN GEWESEN, ABER...

RASCHEL

RASCHEL

TIGER SPECIAL FÜR MEISTER

... WURDE ES EINE SCHNELLE FESTNAHME.

... LAUTER FRAGEN, DIE ICH IHM NICHT STELLEN KONNTE.

... WIESO ER SOGAR BEWEIS-FOTOS GEMACHT HAT, DAS SIND LETZT-LICH...

... SATOMI VON DEM MANN GEWUSST UND...

SEIT WANN...

SEUFZ

ABER...

RATTER

カ"

ラ

... MUSS ICH MICH ERST MAL ANSTÄNDIG ENTSCHUL-DIGEN...

UND DANN BEDANKEN...

... NICHT WEGEN EINES FEHL-URTEILS RAUSGE-RANNT WÄRE...

... WÄRE SATOMI NICHT AN-GEGRIFFEN WORDEN, ALSO...

DAS IST NICHT GUT!

WENN ICH HIER-BLEIBE, WIRD SATOMI...

WENN ICH IN DEM MO-MENT...

SA...

HUCH?

CHIKARA
...

ENT-
SCHULDIGE,
ALLES
GUT.

HAST
DU KOPF-
SCHMER-
ZEN...?

STÜRM

SATOMI!

ALLES
OKAY?!

ES IST NICHTS.

WAS?

WAS IST DENN LOS?

?

SATO ...

DABEI HAB ICH DIR DOCH GESCHRIEBEN, DASS ALLES OKAY IST UND DU NICHT KOMMEN MUSST!

BIST DU EXTRA ZUM KRANKENHAUS GEKOMMEN?

JA ...

ACH, SIE HABEN BESUCH? TUT MIR LEID!

OKAY!

SATOMI-SAN!

DANKE, DASS DU GEKOMMEN BIST, CHIKARA.

K-KEIN PROBLEM!

AH!

DER UNTERSUCHUNGS-RAUM IST FREI, KOMMEN SIE BITTE MIT!

RATTER

RATTER

BYE-BYE!

ER IST IN DER BIBLIOTHEK, LITERATUR RECHERCHIEREN.

JA...

SATOMI-KUN IST SCHON WIEDER NICHT DA?

SEMINAR KIBAYASHI

DA-NACH...

HÄÄÄ?!

... HATTE SATOMI OFFENBAR NOCH MEHR ZU TUN ALS VORHER.

...

HIER FEHLT ES EINDEUTIG AN HOTTIES!

LÄRM

HAHA!

LÄRM

MAMPF

... SEHEN WIR UNS TATSÄCHLICH ÜBERHAUPT NICHT MEHR...

ABER GUT, BALD IST DIE AKADEMIE-SITZUNG, ALSO WOHL NICHTS ZU MACHEN...

ZUCK

ZAPP

!

IRGEND-WIE...

HEUTE BIN ICH…
…
SATO …
がたっ
KRACH
PAAAANG
SATOMI-KUN! GEHEN WIR IN DIE MENSA?
HEUTE SOLL DAS LUNCH SUPER-LECKER SEIN!!
…
…

GAHAHA
HAHAHA

...

KANN
ES SEIN
...

... DASS
SATOMI
...

EH?

SEMINAR KIBAYASHI

NANU?

MUSST
DU FREITAGS
NICHT JOB-
BEN?

KLACK

CHIKARA?

STRAHL

DAS TRIFFT SICH GUT!

... WEIL ICH MIT DIR REDEN WOLLTE.

I...

ICH HAB MIR FREI GENOMMEN...

HIER.

WAS ?!

WA-WAHN-SINN, WANN HAST DU...

DAS SIND ALLE BISHERIGEN TESTFLUG-DATEN VON PIKO...

UND DIE KONSTRUK-TIONSSKIZ-ZEN...

ICH HAB NICHTS GROSS-ARTIGES GEMACHT!

DES-HALB ...

ICH WOLLTE DIR AUCH ETWAS SAGEN.

RATTER

BZING.

WAS ?!

... KANNST DU DAS VOLL UND GANZ ALS DEINE EIGENE ARBEIT PRÄSENTIEREN.

WAS?

... UND ZWEITENS IST ES FÜR DICH AUCH VORTEILHAFTER, WENN DU DIR DEN ERFOLG NICHT MIT JEMANDEM TEILEN MUSST, ODER?

BADUM

...

DER PROFESSOR MEINTE ZWAR, WIR SOLLTEN ES GEMEINSAM UNTERZEICHNEN, ABER...

... EINE BEWERTUNG IN EINER GANZ ANDEREN SPARTE ALS MEINER BRINGT MIR ERSTENS GAR NICHTS...

WARUM AUF EINMAL...

WA...

BADUM

HIER GEHT ES NICHT UM ERFOLG ODER SO ETWAS...

WA- RUM ...

BADUM

H...

BADUM

DAS WÄRE DOCH, ALS HÄTTE ES DEINEN BEITRAG GAR NICHT GEGE- BEN...?

I-IST DAS OKAY FÜR DICH?

... ALS HÄTTE ES FÜR IHN KEINERLEI WERT?

WARUM REDET ER PLÖTZ- LICH DARÜ- BER...

GRABB

...!

STRAHL

FÜR MICH IST DAS VOLLKOM- MEN IN ORDNUNG!

BETRACHTE ES ALS MEINE ENTSCHULDI- GUNG DAFÜR, DASS ICH DIR ZUR LAST GE- FALLEN BIN!

WARUM LACHST DU?

I...

ICH WEISS NICHT, WAS IN DIR VOR- GEHT...

ICH BIN DOCH DER- JENIGE, DER DIR ZUR LAST GEFALLEN IST...

HÄ...?

I...

ICH MÖCHTE MIT DIR ZUSAM- MEN...

TUT MIR LEID, DASS ICH SO BE- GRIFFS- STUT- ZIG BIN.

WENN ES EINEN GRUND GIBT, WARUM DU NICHT MEHR MIT MIR ZUSAMMEN FORSCHEN WILLST, DANN WÜRDE ICH IHN GERNE WISSEN...

I-IST ES, WEIL DU NEULICH MEINET- WEGEN VERLETZT WUR- DEST?

DIE FORSCHUNG WAR EIN REINES „MITTEL ZUM ZWECK".

EH?

IN ANDEREN MOMENTEN HINGEGEN HABE ICH TATENLOS ZUGESEHEN, OBWOHL ICH WUSSTE, DASS DU ÄRGER BEKOMMEN WÜRDEST.

DENN DADURCH STIEG DER WERT MEINER AKTIE NOCH.

FÜR MEIN „ZIEL", DICH ZU BEKOMMEN...

... HABE ICH EINFACH NUR DAS GEMACHT, WORÜBER DU DICH AM MEISTEN FREUEN WÜRDEST.

ABER JETZT HABE ICH DIESES „ZIEL" NICHT MEHR, DESHALB HÖRE ICH AUF.

DAS IST ALLES.

D...

DU WARST DOCH GLÜCKLICH, ODER? ALS DU NIEDERGESCHLAGEN WARST, WEIL DER PROFESSOR DICH ABGEKANZELT HATTE, WAR ICH ZUR STELLE, UM DICH ZU TRÖSTEN.

DAS IST ALLES ...?

...!

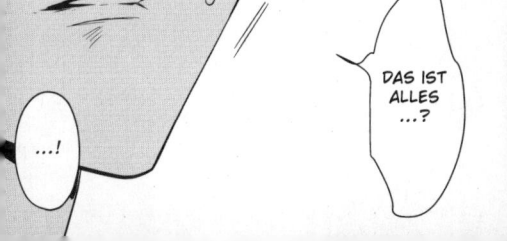

... ICH GLAUBE TROTZ- DEM...

... DIESER SATZ, DEN DU DAMALS GESAGT HAST...

S-SELBST WENN ES ALLES NUR MITTEL ZUM ZWECK WAR...

GNNNH

ギュウ

うう

... DASS DU DIE WELT MIT MEINEN AUGEN SEHEN MÖCHTEST... ICH GLAUBE, DAS WAR NICHT GELOGEN...

SEUFZ

WIESO ...

SELBST WENN DU DEINE FORSCHUNG ZU ENDE BRINGST...

DESHALB DACHTE ICH DAMALS, WENN WIR FLIEGEN KÖNNTEN...

GENAU-SO...

... KANN ICH NICHTS DARAN ÄNDERN, DASS ICH ZUM ERREI-CHEN MEINES „ZIELS" ALLES GETAN HABE.

... WIRD SICH AN DIESER VERGANGEN-HEIT NICHTS ÄNDERN, NICHT WAHR?

WAS?

HAST DU ETWA...

... ICH HATTE DAS GEFÜHL, DASS DIE BEWEISFOTOS ALLEIN NICHT AUSREICHEN WÜRDEN, DARUM...

DU SCHEINST MICH FÜR DAS OPFER ZU HALTEN, ABER...

DAS GILT AUCH FÜR DEN GRAB-SCHER.

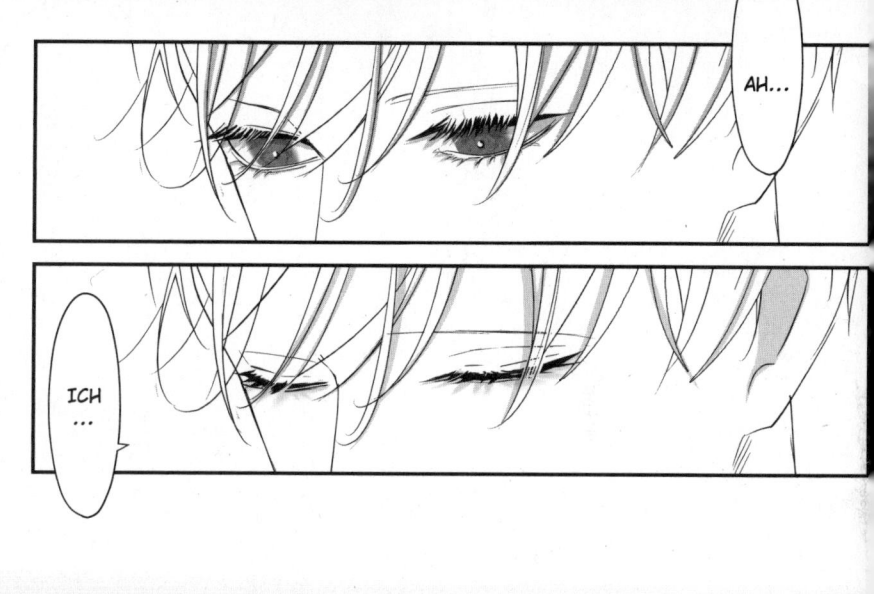

AH...

ICH
...

... KANN
DIE WELT
NICHT MIT
DEINEN
AUGEN
SEHEN.

SCHRECK

MORINO-KUN!

...KUN...

...

WAS?

NANU?

SEUFZ

DABEI...

...DACHTE ICH, WENN DU EINS HAST, DANN MOTIVATION!

WAS IST DAS HIER?

SOWOHL DIE THEORIE ALS AUCH DIE BERECHNUNGEN SIND EINE EINZIGE KATASTROPHE...

AH...

HMMM?

WARUM PASSEN DIE WERTE NICHT?

TICK

TACK

WAS IST AUS DEINER ABSICHT GEWORDEN, MENSCHEN DAS FLIEGEN ZU ERMÖGLICHEN?

T-TUT DAS WEH...

VER-DAMMT!

SA-TOMIS HEF...

FLAPP

FLAPP

AUA!!

MURMEL

WANDTE PHYSIK

KONGRESSHALLE

MURMEL

„TIEF LUFT HOLEN"

PRÄSEN-TATION NUMMER 3...

CHIKARA MORINO-SAN VON DER UNI-VERSITÄT SHIERI.

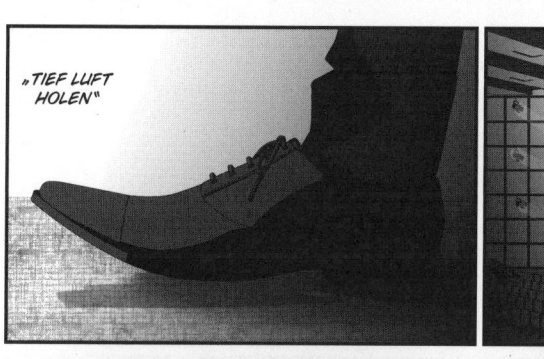

„UND DIE ZUHÖRER ANSEHEN"

VEREHRTE DAMEN UND HERREN...

„NIMM DIR RUHIG ZEIT FÜR ALLES...

... SEI NICHT ZU HASTIG"

...

DU, SATOMI...

... SCHWIN- DELER- REGENDE ENTWICK- LUNGEN ...

...

... IN LETZTER ZEIT GIBT ES IN DER ENTWICK- LUNG DER GLOBALEN VERKEHRS- NETZE...

... DESHALB DAUERT ES EINE WEILE, BIS ICH WICH- TIGE DINGE BEMERKE.

ICH BIN IMMER SO WAHNSINNIG MIT MIR SELBST BESCHÄF- TIGT...

AUCH WENN DU ES „ABSICHTLICH" PROVOZIERT HAST, GLAUBE ICH KAUM, DASS ES NICHT WEHGETAN HAT...

NEULICH IST MIR EIN BUCH AUF DEN KOPF GEFALLEN. DAS HAT ECHT WEHGETAN.

SATOMI...

...ALLES, WAS ICH VON DIR BEKOMMEN HABE...

...

ICH WEISS ES NICHT. ABER...

...

... IST „WAHR".

DAS THEMA SCHEINT IN DER MODERNEN TECHNOLOGIE EIN WENIG EXTRAVAGANT, ABER...

VIELEN DANK FÜR IHRE PRÄSENTATION.

GERNE. AUCH FLUGZEUGE UND ANDERE EXISTIERENDE TECHNOLOGIEN WURDEN IN DER VERGANGENHEIT...

... ALS UNREALISIERBAR BEZEICHNET, DOCH...

DIE VERGANGENHEIT...

... BITTE ERZÄHLEN SIE UNS DOCH ETWAS ÜBER ZUKÜNFTIGE AUSSICHTEN.

... NICHT EINMAL MEHR DANKE SAGEN...

PRESS

BILDERATLAS DER VOGELARTEN

ICH GEBE ZU, WIE VIEL ICH AUCH FORSCHEN MAG...

... ICH KANN NICHT IN DIE VERGANGENHEIT ZURÜCK- REISEN...

... UND DAFÜR SORGEN, DASS MEINE OMA MEINEN OPA NOCH EINMAL SEHEN KANN.

... DIE ZU-KUNFT KANN ICH VERÄN-DERN.

... KÖNNEN SIE DEN-JENIGEN, DIE IHNEN ETWAS BEDEUTEN ...

... IHRE GEFÜHLE SCHNELLER UND PERSÖN-LICH MITTEILEN. DIE REALISIE-RUNG EINER SOLCHEN WELT, DAS IST MEIN ZIEL.

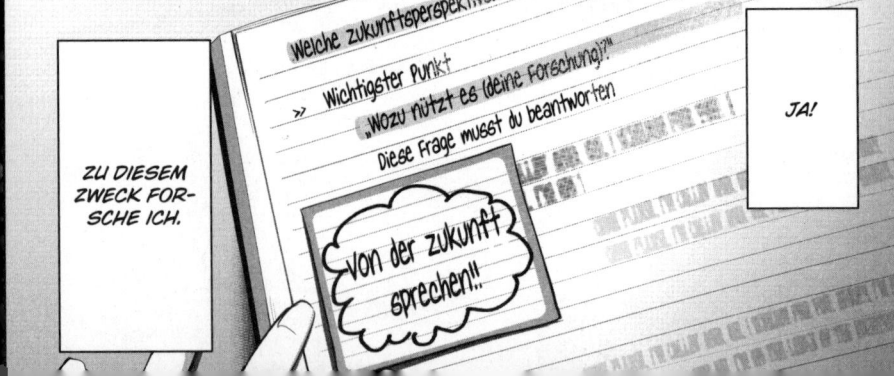

ZU DIESEM ZWECK FOR-SCHE ICH.

Welche zukunftsperspektiven e...

» Wichtigster Punkt

„Wozu nützt es (deine Forschung)?"

Diese Frage musst du beantworten

Von der zukunft sprechen!!

JA!

SSS

DAMIT BIN ICH AM ENDE ANGE-LANGT. VIELEN DA...

SIEHT AUS, ALS WÜRDE ER DIE SACHE HEIL ÜBER-STEHEN.

IM SCHLIMMS-TEN FALL HÄTTE ICH IHM EINEN RETTUNGS-RING ZUGE-WORFEN...

...

...

FREEZE

AH!

GRINS

AUF DEN UNTERLAGEN, DIE SIE VOR SICH HABEN, STEHT TATSÄCHLICH NUR EIN NAME, ABER DAS MÖCHTE ICH KORRIGIEREN.

„AH"?!

KLACK

KLACK

DAMIT BIN ICH AM ENDE ANGELANGT.

CHIKARA MORINO UND CHIHIRO SATOMI, UNIVERSITÄT SHIERI.

ABER GUT, DU HAST DICH GAR NICHT SCHLECHT GESCHLA-GEN!

ICH HABE MICH GEFRAGT, WAS DA JETZT NOCH KOMMT...

PROFES-SOR...

TROTZDEM IST DAS FOR-SCHUNGSTHEMA ALLES ANDERE ALS NORMAL...

!

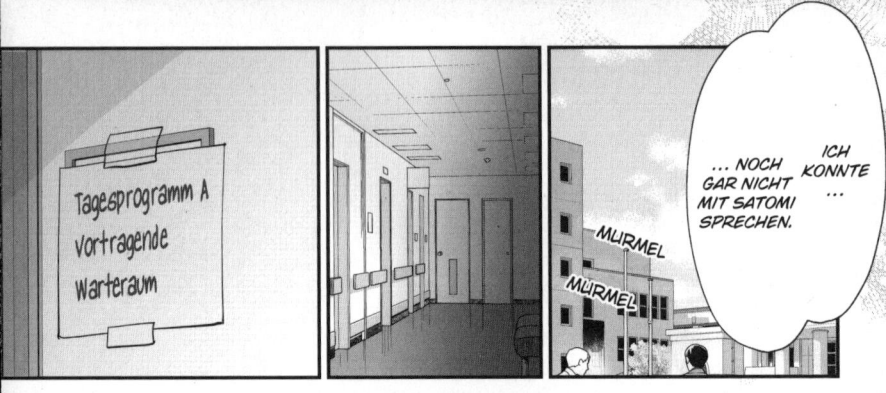

Tagesprogramm A
Vortragende
Warteraum

MURMEL

MURMEL

... NOCH GAR NICHT MIT SATOMI SPRECHEN.

ICH KONNTE ...

POCK

POCK

POCK

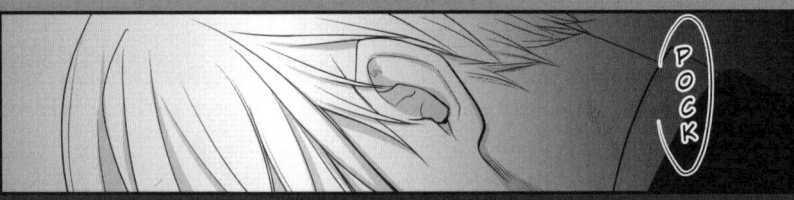

POCK

POCK

*Wenn
du deine
Hand
ausstreckst*
NONONO YAMADA

vol.5

KURZ
NACHDEM
SEINE MUTTER
AUSGEZOGEN
WAR, IST JA AUCH
SEIN VATER VER-
SCHWUNDEN...

... UNSERE
GESELL-
SCHAFTLICHE
STELLUNG
UND SO
WEITER
...

... ES
GIBT VER-
SCHIEDENE
UMSTÄNDE...
NICHT
WAHR?

NUN, WIR
NEHMEN IHN
AUCH NICHT
GERADE MIT
FREUDEN AUF,
ABER...

JA, WIR
WERDEN IHN
NÄCHSTES
JAHR IN EINEM
INTERNAT UN-
TERBRINGEN
...

NA JA...
ES IST JA
NICHT MÖG-
LICH, **DIESEN
KÖRPER** ZU
VERSTE-
CKEN...

UND,
ES STIMMT
DOCH...

SO SCHLIMM WAR ES SCHON LANGE NICHT MEHR.

ICH KANN MEINE EIGENE STIMME KAUM HÖREN.

POCK

POCK

DAS IST TOLL...

ALS ICH MIT CHIKARA ZUSAMMEN WAR, HABE ICH ES NICHT GEHÖRT!

...ODER?

... UND DIE WELT ERSCHIEN MIR BLAU UND KLAR.

DAS GERÄUSCH, DAS MICH DIE GANZE ZEIT GEQUÄLT HATTE, WAR AUS UNERFINDLICHEN GRÜNDEN INNERHALB EINES MOMENTS VERSCHWUNDEN...

... EIGENTLICH ALLES, ABER...

WENN ICH MIT CHIKARA ZUSAMMEN WAR, WAR DAS LEBEN LEICHT.

DESHALB WOLLTE ICH IHN HABEN.

DAS WAR...

POCK

ER IST SO COOL! ♡

DANKE...

...?

SATOMI-KUN IST BALD FERTIG MIT SEINER PRÄSENTATION.

AH...

... CHIKARA-KUN!

KLACK

...SCHLUSSFOLGERUNGEN ZIEHEN. ERSTENS ...

AUS DIESEN ERGEBNISSEN KANN MAN DIE FOLGENDEN ZWEI...

SATOMI...?

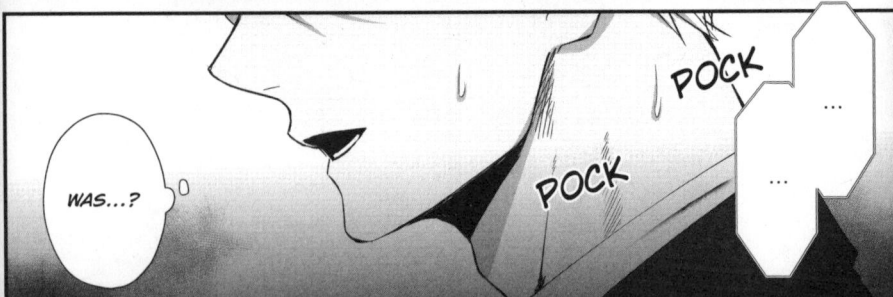

WAS...?

POCK

POCK

...

...

GNH

DZZ

WAS...

...!

ÄH...

... WIE SIE IN DIESER TABELLE SEHEN KÖNNEN...

WAS DIE STREUUNG DER ERGEB-NISSE DER SPULEN-LEISTUNG BETRIFFT ...

ES IST NICHT MEHR VIEL... WENN ICH ES IRGENDWIE BIS ZUM ENDE SCHAFFE...

...

ÄHM... ALSO...

GUT, DASS ICH MICH EIN BISSCHEN MIT SATOMIS FORSCHUNG AUSKENNE...

...

DIE RESULTATE SIND… WIRKLICH SEHR GUT. ICH MEINE…
MAN KANN DAVON AUSGEHEN…
… DASS DIE STREUUNG DER ERGEBNISSE IM GRUNDE KAUM EINFLUSS AUF DIE PRÄZISION DES NACHWEISES HAT.
AUSSERDEM…
…
PUH
SATOMIS HAND…
… IST ERSCHRECKEND KALT…
…
GNH
…

ÄH?!

GNNNNH

SA...

SATOMI?!

あぁぁ
BLUUUSH

か＼
ぇ＝
＝３

ICH...!

ぐ ＼＼
TAUMEL
ら

WAS?

SATOMI!!

PTSCH

ZZZZZZ

NAH...

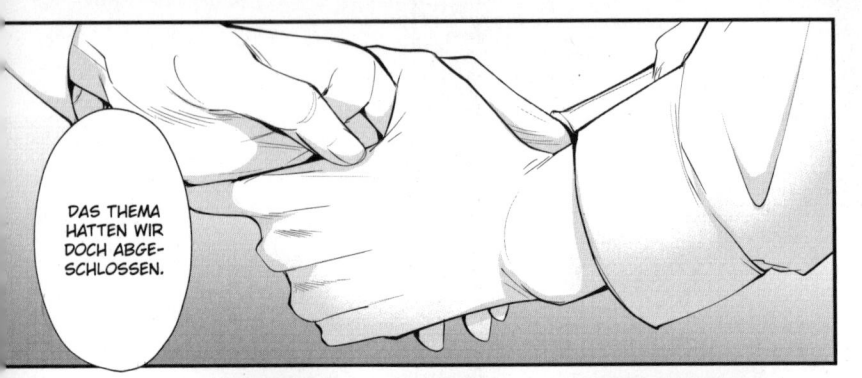

DAS THEMA HATTEN WIR DOCH ABGESCHLOSSEN.

TUT MIR LEID... ICH BEDANKE MICH NOCH MAL BEI DIR, ABER...

... GEH JETZT.

...!

POCK

I-ICH WILL ABER NICHT...

GNH

... DENN NOCH TUN, DAMIT DU WEGGEHST?!

WAS SOLL ICH...

WA...
DU WIRST MIR NICHT WEHTUN, SATOMI.
BEI DEM STALKER, BEI MEINER FORSCHUNG ...
... LETZTENDLICH HAST DU GENAU DAS GEGENTEIL GETAN UND MIR BEI ALLEM GEHOLFEN...
DICH JETZT...
... ZU VERLIEREN, WÄRE SCHLIMMER FÜR MICH ALS IRGENDETWAS...
... WAS SEHR WAHRSCHEINLICH NIE PASSIEREN WIRD.
...

CHIKARA …
RASCHEL
AUSSERDEM… SCHAU MAL!
KNISTER
PIKO!
じゃ
ER KANN JETZT…
… SCHON EIN BISSCHEN ZIELGERICHTETER FLIEGEN!
ん
TADAAAA
SATOMI…
ICH BIN HERGEKOMMEN, UM DIR ETWAS ZU SAGEN…
MUSS MAN DENN UNBEDINGT „NORMAL“ SEIN?

ABER VORHIN HAT DER PROFESSOR MEIN FORSCHUNGS-THEMA ALS „ALLES ANDERE ALS NORMAL" BEZEICHNET ...

... DARAN GEGLAUBT, DASS MIR PIKO GELINGEN WIRD.

...

... UND DADURCH IST MIR ZUM ERSTEN MAL BEWUSST GEWORDEN, DASS AUCH ICH NICHT NORMAL BIN...

ABER ICH HABE ES HINBE-KOMMEN.

ICH HABE DIE GANZE ZEIT WIE SELBST-VERSTÄND-LICH...

UND ZWAR, WEIL AUCH ICH ZU EINEM EINSATZ IN DER LAGE BIN, DER NORMALERWEISE NICHT MÖGLICH IST...

... WEIL ICH ETWAS VERSUCHE, WAS NICHT NORMAL IST...

... UND WEIL WIR ZUSAMMEN WAREN.

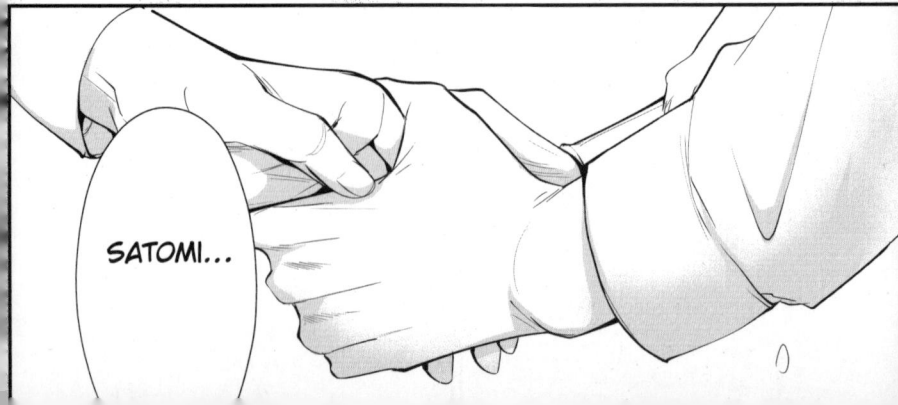

SATOMI...

LASS ES UNS VER-SUCHEN!

»MAN SAGT DOCH, DASS SO WAS VERERB-BAR IST!«

»DER IST NICHT NORMAL.«

GERADE DES-HALB DACHTE ICH, ES WÄRE BESSER, MICH VON IHM FERN-ZUHALTEN.

ICH HABE ZUM ERSTEN MAL DAS GEFÜHL, DASS MIR JEMAND WICHTIG IST.

TROTZDEM...

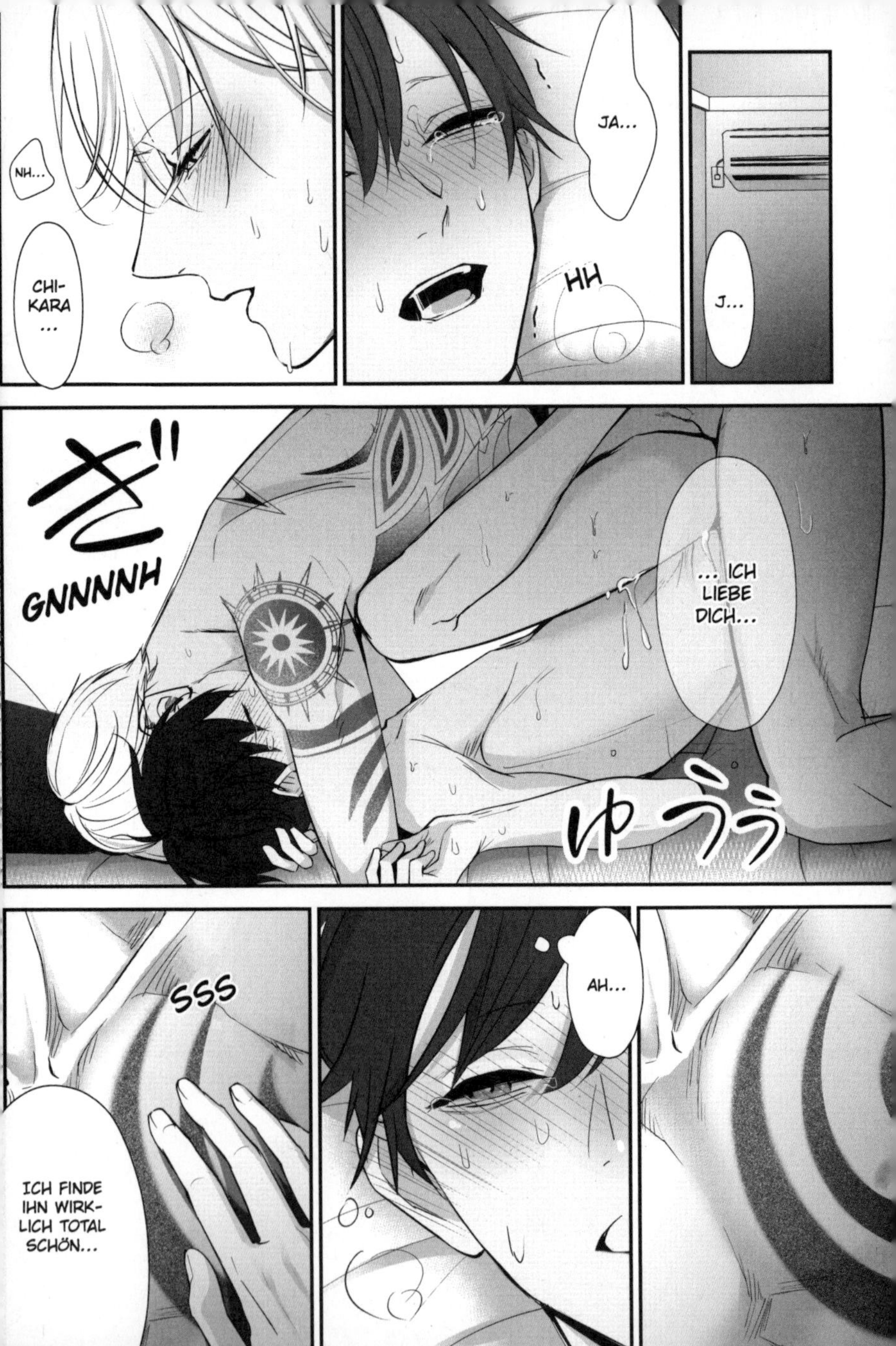

NH...

CHI-
KARA
...

JA...

HH

J...

ぎ"
GNNNNH

... ICH
LIEBE
DICH...

ゆうう

SSS

AH...

ICH FINDE
IHN WIRK-
LICH TOTAL
SCHÖN...

DIESES TATTOO...

... DEN PHÖNIX...

„ER IST DAS SYMBOL FÜR WEISHEIT UND SCHÖNHEIT..."

„... UND ER KOMMT HERABGE-FLOGEN, UM MENSCHEN ZU SEGNEN, DIE EIN GUTES HERZ HABEN ..."

DESHALB HAT ES EIGENTLICH KEINE BEDEU-TUNG...

... HABE ICH MIR NICHT FREIWILLIG STECHEN LASSEN...

„ES IST TOTAL SCHÖN..."

ABER IN DEM MOMENT...

ABFLUG!
... DASS ICH ...
... GELERNT HABE, AUFZU-SCHAUEN...
WAS MEINST DU, SATOMI?
UHUMM ...
ER IST NICHT MEHR SO INSTABIL... PERFEKT!
ODER?
DAS HAB ICH DIR ZU VERDAN-KEN!
WENN DU DA BIST...

ES IST
UMGEKEHRT.

ICH WAR
UNVOLL-
STÄNDIG UND
DADURCH WIE
GELÄHMT...

...UND DU
BIST ES, DER
MIR FLÜGEL
GEGEBEN
HAT...

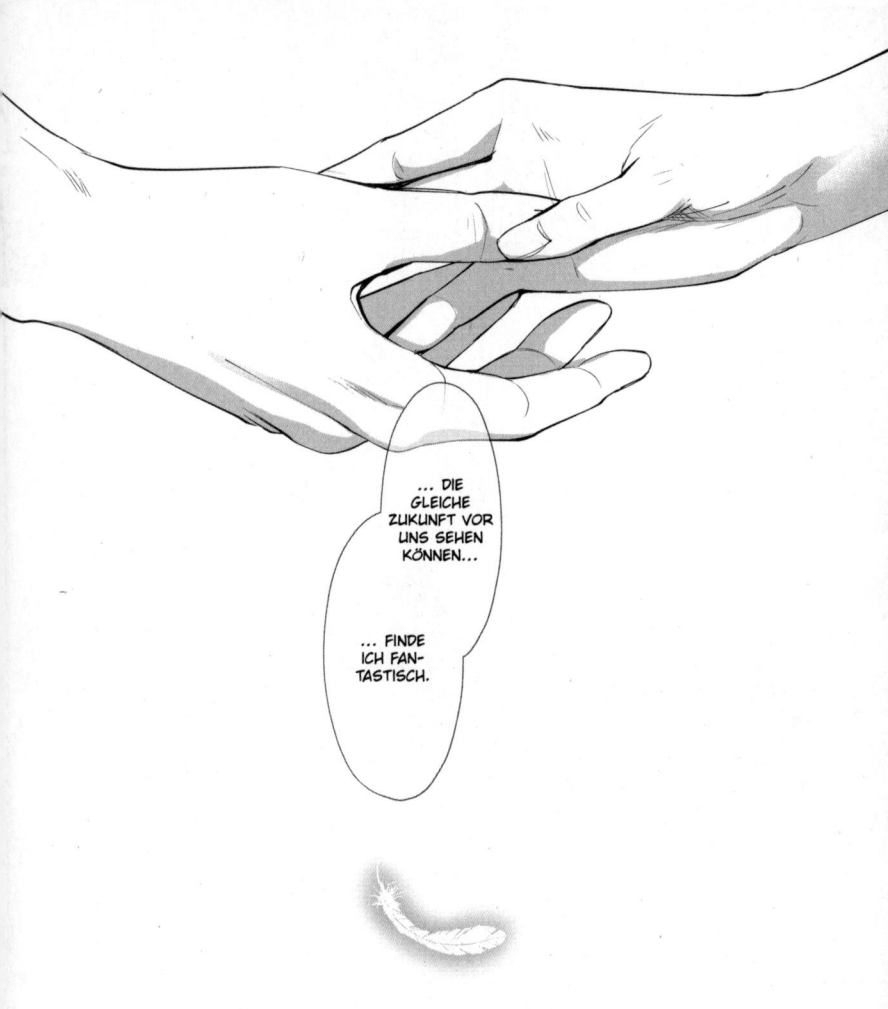

Ende

ガル...

WUPP

ALLES IN ORDNUNG, CHIKARA?

JA.

DANN VERAB-SCHIEDE ICH MICH SCHON MAL.

... KÜM-MERST DU DICH BITTE UM MORINO?

SATOMI ...

MURMEL PLAUDER

ガルヤ

... IN EINEM ZUG AUS-GETRUNKEN HAST!

ICH WAR ZIEMLICH VERBLÜFFT, ALS DU DEN SAKE...

... DEN DER SENPAI MIR AUF-DRÄNGEN WOLLTE...

NA JA...

PFJUU

Bonus Flügel in deinen Händen

WAS?

... DU MAGST DOCH KEINEN SAKE...

SATOMIS KÜSSE...

GNH

AH...

GLUCK

GLUCK

...WEITER...

LECK

LECK

...!

HAST DU KOPF-SCHMER-ZEN... ODER IST DIR SCHLECHT?

UH-UH, ALLES GUT...

...MACH...

CHIKARA...

AH!

AH!

AH!

BIS JETZT WAR ICH SO MIT MIR SELBST BESCHÄFTIGT...

... DASS ICH ES NICHT BEMERKT HABE, ABER...

E... EEH?

SCHAUDER...

...!

HH...

MH...

WIR SIND KÖRPERLICH... EIN BISSCHEN UNTERSCHIEDLICH...

KANN ES SEIN, DASS DU...

... GAR NICHT GANZ... DRIN BIST...?

ICH WILL...

... ALLES.

GNH

... UND ICH MÖCHTE NUR DINGE TUN, DIE FÜR DICH SCHÖN SIND...

ES GIBT IN MIR NICHTS, DAS ICH DIR...

... NICHT GEBEN KÖNNTE.

MH...

MH...

SAG MIR SOFORT BESCHEID, WENN ES WEHTUT, JA?

SATOMI ...

AH...

GHっ

T...

TUT MIR LEID ...

ICH KOMME ...

AH!

ZITTER

ZITTER

ZITTER

ZITTER

AH!

AH!

FFTSCH ♥

FFTSCH ♥

PTSCH

AH!

PTSCH

AH!

AH!

PTSCH

AH!

...

ZITTER

KNNH ♥

KNNH ♥

KNNH ♥

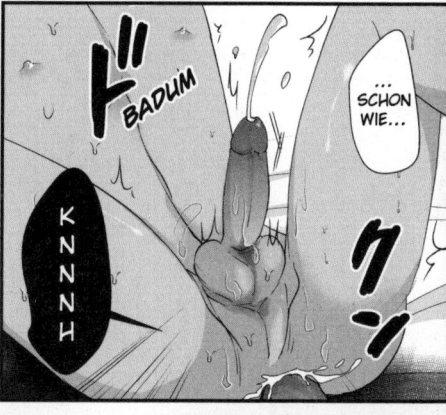

BADUM

...SCHON WIE...

KNNNH

SA...

SATOMI IST AUCH...

HH

HH

HH

HH

MH

MH!

CHIKARA
...

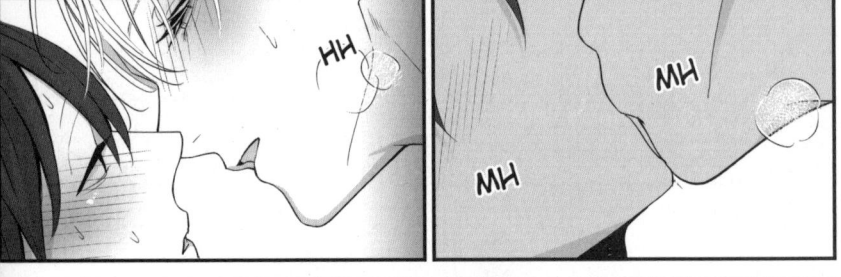

HH

MH

MH

ICH
LIEBE
DICH...

ICH
WERDE
GUT AUF
DICH
ACHT-
GEBEN
...

DAS
WERDE
ICH DIR
MEIN
LEBEN
LANG
BEWEI-
SEN.

HEHE!

ICH HAB WIEDER EINS BE- KOMMEN!

WAS?

OKAY, HEUTE MACHEN WIR WIE- DER EINEN TEST- FLUG!

BEI DEM WETTER!

GUTE IDEE!

GEHEN WIR DANACH ZU DEM RESTAURANT, ÜBER DAS WIR NEULICH GESPROCHEN HABEN?

UNBE- DINGT!

Ende

ÜBER SATOMI-KUN

ICH DENKE OFT DARÜBER NACH, WIE SEIN LEBEN BISHER
WOHL AUSGESEHEN HAT.

ICH FRAGE MICH, OB ER WOHL BEIM SPORT IMMER
LANGÄRMELIGE OBERTEILE GETRAGEN HAT, EGAL WIE HEISS
ES WAR, OB ER BEIM SCHWIMMUNTERRICHT IMMER NUR
ZUGESCHAUT HAT, UND WAS ER WOHL GEANTWORTET HAT,
WENN ER NACH DEM GRUND GEFRAGT WURDE, OB ER AN
DER ABSCHLUSSKLASSENFAHRT NICHT TEILGENOMMEN HAT,
USW. USF.

DASS SATOMI, NACHDEM ER IMMER UNTER ANSPANNUNG
GELEBT HAT, IN DIESER ERZÄHLUNG EIN ZUHAUSE UND EINE
ZUKUNFTSPERSPEKTIVE FÜR SICH GEFUNDEN HAT, FREUT
MICH WIRKLICH.

DANKE

ICH DANKE ERNEUT ALLEN, DIE AN DIESEM BUCH BETEILIGT
WAREN: M-SAMA FÜR DIE REDAKTIONELLE BETREUUNG,
DEN DESIGNERN, DEM TEAM IN DER DRUCKEREI UND ALLEN
LESERN UND LESERINNEN.
VIELEN HERZLICHEN DANK!!

NONONO YAMADA

SUTOPPU!

Koko wa kono manga no owari dayo.
Hantaigawa kara yomihajimete ne!
Dewa omatase shimashita!
Tanoshii hitotoki wo dozo!

Egmont-Manga-Chiimu

STOPP!

Das ist der Schluss des Mangas.
Fangt bitte am anderen Ende an!
Und nun genug der Vorrede,
viel Spaß beim Lesen!

Euer Egmont-Manga-Team

www.egmont-manga.de
Unsere Bücher findest du im
Buch- und Fachhandel und auf

www.egmont-shop.de

„Wenn du deine Hand ausstreckst" von Nonono Yamada
Aus dem Japanischen von Antje Bockel
Originaltitel: „Te wo Nobashitara, Tsubasa"

Originalausgabe:
Te wo Nobashitara, Tsubasa © 2021 Nonono Yamada
All rights reserved First published in Japan in 2021
by SHINSHOKAN CO., Ltd. Tokyo Original design
concept by arcoinc German version published by
EGMONT Verlagsgesellschaften mbH
under license from SHINSHOKAN CO., Ltd.

Deutschsprachige Ausgabe:
© 2023 Egmont Manga verlegt durch
Egmont Verlagsgesellschaften mbH,
Ritterstraße 26, 10969 Berlin
3. Auflage 2024

Verantwortliche Redakteurin: Luisa Steinhäuser
Gestaltung: Laura Bartels
Koordination: Angelika Schönhuber
Printed in the EU
ISBN 978-3-7555-0191-6

story
house
EGMONT